哀歌とバラッド

Elegies and Ballads

浜田優

思潮社

哀歌とバラッド

浜田　優

Elegies and Ballads

きのうのうたげ
今日はどこまで——

秋の予言者が
中庭のデッキサイドに一人
さっきまでそこに立っていた
水の上の陽炎

波のように砕ける面影
暁のはじらう河に沿って
うるむ息はしだいに濃くなり

緋の舟はゆく航路うつくし

日没までくり延べられた言ぶれ
航路を見うしなった者なら誰もが
昇天したくなる空の高さから
魂が地上に影をおとす

冬晴れのある日
高層ビルの一角がくぎる路上の日だまりに立ってあなたは
目の前で垂直の穴がぽっかりと口をあけているのを
見たことがありますか
見たことがあるならあなたはきっと
その穴へひとり、　理由もなく
墜ちていったことがあるでしょう
墜ちていった穴のなかで、　あなたは

冬晴れのある日
路上で起こっていたのに誰も気がつかなかった無音の惨劇を
もう一度、始めから終わりまで見たはずです
それからあなたは
目の前で垂直の穴がぽっかりと口をあけているその穴へ
墜ちていくあなた自身を、見たはずです
あなたはその穴へ水平に墜ちて
その穴から水平に抜け出しました
墜ちていった穴のなかで、あなたが
冬晴れのある日
路上で起こっていたのに誰も気がつかなかった無音の惨劇と
目の前で垂直の穴がぽっかりと口をあけているその穴へ
墜ちていくあなた自身を、見ていた間
路上では一日分の光線が、ほんの数秒で
かたまり、くだけ、散り払われていました

その間じゅうあなたは、絶叫していたはずです
それからすぐに忘れてしまったのです
冬晴れのある日
高層ビルの一角がくぎる路上の日だまりに立って
目の前で垂直の穴がぽっかりと口をあけているその穴へ
墜ちていった、あなた自身を

沈む水球

青い実験室。マイマイ。無限は閉じて開く。鳥たちによる色とりどりの窒息を培養するために。奥行きがなく、重力がない。さえずりは一瞬にして炸裂する。ルー、リリュ。無限に扉はない。入ったらもう出ている。ゆえに入るとは出ること。ただし入らなければ出られない。

＊

シルヴァ、燃える手すり。磁石は総毛立ち、南北に直立して。加速する水球の自転。摑みそこね、手首は入江のように曲がり、波濤はかたむく。自転するものは不可逆的に没落する。これが宿め。ただ宿めなきものたちが、無限の下に轢死する。

＊

宙空の蟻塚。ざあざあいうキチン質。艶のいい成虫は非望の河を渉って惑星を越えた。古びた雑種は殲滅されねばならなかった。卵細胞は焼かれ、煙は螺旋の蔓になって真空へ延びた。空穂《うつぼ》に食われて干からびた幼虫が、オーロラの蒼い刃に黒い血を垂らす。

＊

世の始まりから光の届かないところ。いったいこれは何度目の終わりか。そのたびに死んでいたのか、誰にも、自分にさえも気づかれず。そこにルルがいた。

ガウリ、タウラ、ポッサムが、そこにいた。魂の荷台は円形で、中央が窪んでいた。そこもやがて火につつまれた。水球は内破し、平べったく歪んで、東方もまた日の沈む国となった。この沈黙の円盤、あとは惰性で回りつづけるしかなかった。

凜の音《ね》

からから　墜ちていった　沈んでいった　すくみ魂《だま》ひとつ
みなそこは緑の畝うね　ゆらり鱏の背中に乗って
ぬくい水泡に洗われて　細まって　光る珊瑚は無辜の白指
しゅんらいかな　下ってくるひびき　それからうっとり伸びあがり
うらうらまくらの吐く息にごって　ふた股じっとり膨らんで
さんさんとそんざいの火のなすがまま　迷い蛾焦がれて丸まって
ちかさん　じゅりさん　ねるさん　たずねたのにみな留守だった
流れゆく先ざきがいつも怪しい　なぜまたこんなに廻り道

ああこれでいくつめの駅　駅じゃないのか礫だっけ
でもなんて赤茶けた空　どこから空でどこまでが砂
てんぐさやらからい水やらどこへいった　みなそこにいたのにさ
こけも藻もない井戸もない　からからの砂床なら砂が水
さざれ嵐の一昼夜　風のワイパー星くず払って蠍もたまらず放電し
あめつちは昏い鏡面　たいらにひろがる銀河の干潟
オークのジナスとコークの日々彦　サンドルのディドは三兄弟
鮭五郎もまかり出て　てんてんてんと泥穴光り
菰をつるして雪洞《ぼんぼり》ともし　波立つ御酒《みき》の黒甕汲んで
玉の手むすびなみなみ注いで　朧ろ月ならあれ綿しずく
あかときに天のまぶたのうす紅に眉をひくころ
潮また満ちてうるおうすくみ魂　水泡のなかでくるっと反転
あかねさす海面近くを鱏の影ぎらり　はぐれて墜ちるすくみ魂
みなそこに鳴ってる凜の音《ね》りんりん　幾いく世代も遡り
浮いてはりん　沈んでりりんとすくみ魂

おやいまごろはジュラ紀デボン紀それとも零紀？
ここ惑星の何丁目？

きのうのうたげ
明日はどこらで――

大陸の前線

せつな。せつな。はじ色のササゲの莢がはじける十月の絶頂
くらくらくるめく狐火の一列が動かぬ湖水の底に沈む
窓の奥で青いトルソの影が燃える
まだ歌い終わらない歌がふっと絶える

みおとどろ。金粉まぶした白無垢のシーツが緑の川面をすべる
断崖にはブルーシートけぶる工夫たちのキルティング
どこから沈降する発破を明るい南方の落日へ響かせるか

いくつガラス張りのダムを連ねて数と地盤を固めるか。澪と泥

せいそん。はじかみ囓るしたの痺れにパッションフルーツ
亜鉛と末法混ぜ込んだ大陸の花火よ湿った空に響け
断崖に波うつブルーシート。泥田に沈む太陽
工夫たちの灰の皮膚、青い血統。千年続いた仮面祭の終わり

おどるか。湖水に沈む狐火の一列たたら踏みくらみ
おどらるか。湖畔にはびこる葦かびゴボッと吐き出す泥澪《ドロミヲ》の発破
落日にササゲの莢のはじ色はじけまだ歌い終わらない
歌はガラス張りのダムに遺棄されしどろにおどろもだすとどろに

＊

ウィリー、はじをはしれ。西へ南へ、胸いっぱいのほこりを吸って

背後から闇、白地の十字路へ下りてゆけ。標識は「ナロウ」
踏み抜けば腐った棺桶で足を攣るぞ、だって「火葬はいけない、
千年経っても肋骨ひとつ出ない戦場跡なんて時の抹殺」

ウィリー、ウィリー・ブラウン、行って哀れなボブに言ってやれ
十字路で立ち止まるな、西も南もどっちもナロウ
踏み抜けば足を攣るぞ。でももしこと切れてたら埋めてやれ
土葬ならやがてヒヤシンスの指が萌え出てギターを奏でるから

＊

変わるのか終わるのか。もし変わるなら
消されていった種族の肋骨が水平に血を流すどんな大陸の果てで
まだ見ぬ友たちは待っているのか

変わるのか終わるのか。もし終わるなら
今年もまた張りぼてのドラゴンやいなごの群れが陸と湾を閉ざし
時流に乗じた亡霊が種族のほこりかけて最後の闘いを演じるのか

変わるは終わる。終わるは変わる
張りぼてのドラゴンいなごの大群まだ歌い終わらない歌
まだ見ぬ友たち工夫たち。血を流す時の断崖

*

亜熱帯ジェット気流の先ぶれ。森が噛んだ歯形の痣
たちまちにして群がる密雲と氷塊
上空には骰子の目に象嵌された死者のレンズ
夜どおし成層圏でまだ燃えている空爆

そこにルルがいた。
ガウリ、タウラ、ポッサムが、
そこにいた。

編んだばかりの毛織の猿を
裏庭のせせらぎに流したのです
光る羊歯のはんてん着けて
赤い胸乳とちぎれた尻尾
とおくから来た
ほてった目でした

このとしかげうらのした

せぶりいきみきさして
るくすくるすこうめいせんじゅ
かんたかんたそぞろしゅうしょう

*

編んだばかりの七つの鞠を
篠つく運河に流したのです
ほつれた虹色の傘がならんで
言葉をもたない存在の茄子
鬼にも知られぬ
岸辺の火でした

かんでみをかんで
きりりぴりぽれもすを

ついてしりぺいしてちょう
とうつうやたみせんじつそう

＊

編んだばかりの木樵の綱を
こだまの谷に流したのです
みんないなくなったねえ
ここはずいぶん明るいねえ
あらがね壊れて吊るされて
こがらしに鳴るひなたでした

あだしのはみくのつきみち
とろりさくそのにさく
つるあけびからすうり

さざれさんたんひなうるし

湖水に沈む狐火の一列たたら踏みくらみ
しどろにおどろもだすとどろに

空席

（きみはいつからそこにいるの？）

（ああ残念だ　残念だけど
きみは来るのが遅すぎたんだ
きみのお父さんもお母さんも　お兄さんも妹も
みんな出かけてしまったよ）

＊

室内に向かって
カーテンがふくらむ
窓ぎわに置かれた
一脚の椅子
昼になって
室内が温もってくるにつれ
呼吸しはじめる
空席

カーテンの背後で
急斜面がなだれ落ちる
日々の断層崖
から掘り返されたのは

蠟で型どった四つの顔と
顔はないのに目覚めている
あとひとり足りない
または余分なもうひとり

＊

（さあ行こう　もうすぐお母さんが帰ってくるよ
お兄さんも妹も　それからお父さんも）

（あしたもきみは遅れて来るんだろうな
ただいま　も言わないで）

＊

だれもいない白昼の室内には
いまも呼吸している空席がある
世界じゅうの各家族の
留守中の居間ならどこにでも！

家族愛では浮かばれない
あとひとり足りない
または余分なもうひとり

曲がり角の近くに立って
行きすぎる人を目で追って
うなだれた柳のように
わたしは今日もここにいます

移ろっていくいくつかの季節
ここにとどまるいくつかのわけ
わたしはわたしのなかに

ひろがっていく影を感じます

*

過ぎ去った時がなぜ
またやって来るのかわかりますか
終わったのに消えない
予感だけがまだそこにあって

これはまた見覚えのある景色
でもいつどこだったのか思い出せない
失ってからもなお
ひとはみな知らない過去を生きているのです

＊

あっというまに行ってしまった
かすかな香りだけ残して
待っているべきか忘れるべきか
わたしにはもうわからない

＊

曲がり角の近くに立って
行きすぎる人を目で追って
うなだれた柳のように
わたしは今日もここにいます
あなたには気づけない

それがわたしという存在の証し
残りの時にくるまれて
わたしは今日もここにいます

鎮魂歌

「ここから先へは行くな」――

いつもの通いなれた道なのに
あなたの棲む部屋へ向かう道なのに
夕闇のせまる後地《うしろじ》の交差点で
私のためだけにそう書かれた看板が
何の造作もなくただ路上の片隅に
転がっているのを見た

そしてどこからか
抑揚のない声がして
「まもなくドアが閉まります
閉まるドアにご注意ください」

――そこで目が覚めた

＊

今日もまた卸したての轡を嚙んで
（手綱はだれが握っているのか）
円光坂の狭い石段を上ってゆく
目の前を薄羽が舞って気うとい
未明の腓返りがまだ痛む

膝を屈してはいけない
膝を屈してはいけない
膝を屈したら
心の梁のどこかが折れるだろう

みづるさん、あなたは死んだのだから
もう名前はいらない、戸籍もない、国籍もない
肌がないから人種もない
あるのは4月27日という日付と
二度と消せない魂の明るさだけ

そして私は
もう孤独であることに何の気兼ねもいらない
悲哀で卑猥な
一人の男という個体そのものになったのだから

あとは死ぬまで生きるだけです

日暮れには
石灰と潮の匂いを嗅ぎ
明け方には
淡水の上澄みの匂いを嗅ぐ
そうして日々を継いできた
みづるさん
あなたも嗅いでいた匂いです

＊

人間は死んだら無である
とはどうしても思えないので
つい魂の行方を

想像してしまうのです
現世、ではないけれども
現在、という時制をもたない別の次元が
この世界と並行してあるのではないか
そこで、肉体をもたない魂は
痛みのない痛覚、温もりのない温度
おのれによって、おのれだけを
純粋に享受し、反照しているのかも、と

柳田翁は、死後の魂の行方についてこう語っていたそうです
「四十日くらいまではどの辺にいるのかわかっているのだが、
それ以後のことはわからないのだよ」
こうもちまちまとマンションや戸建が犇めく小さな街には
魂の居場所もなかろうと思って
葬儀を終えて二週間後の夕刻

丸子橋あたりの多摩川河川敷へ行きました
遠く富士を望む山並みの菫色
その方角へ向かって弓なりに曲がる銀箔の川
藍を増していく天空が宇宙青のようでした
ああ、ここならいい、ここなら魂も安らげそうだ
暗くなるまでたたずんでいました
闖入者を警戒したのか
つがいの蝙蝠がもつれ合いながら
私の頭上すれすれを飛びまわっていました

＊

母が逝って三年近く経ったある日
夢のなかで私が、すでに辞めた職場のトイレを出て
自分のデスクに戻ってくると、横に母が立っていた

「さあ、もう帰るよ」と私が小声で言うと
「そうかい、仕事は終わったんだね」と嬉しそうだ

ああいつだったかあの日
近所のレストランで母と夕食を摂る約束だったのに
私は急に面倒になってキャンセルしてしまった
駅で待っている母に電話でそう告げたときの
悲鳴にも似たあの落胆の声

母が逝って三年近く経つのに
あの日どうしてキャンセルしてしまったのか
いまでもまだくやまれて
ときどきふいにくるしくなって

あかときに
天のまぶたのうす紅に
眉をひくころ潮また満ちて

魂が地上に影をおとす

静かな村

森のなか　七月の校庭に
むらさき色の夕暮れが下りてくるころ
遊び疲れた子どもたちは　めいめいが
めいめいに背を向けて　四方へ散らばっていく
そこにはいつも　だれかがいる
じっと動かず立っている
もう一人がいる

杉の木立のあいだを曲がりくねって帰る
だれかを呼ぶ声が　木立にまぎれて消える
忘れものをしたかもしれないと
子どもが一人　立ち止まって振り返る
ひよどりが一声鋭く鳴いて　ねぐらへ急ぐ

夜の閾《いき》で　痩せた母が陣痛に耐えている
乗客のいない終列車が　鉄橋を渡っていく
だれもいない校庭　ざわめく森が息をひそめる
月光の素足が　青い桔梗の露にかがむ
明け方にちかく　森の上に現われて
昇らないまま消えていった
二つの星

牧歌

野を焼く煙が
搾りたての乳の匂いにまじって
川上からの風に乗ってただよう
おそろいの臙脂のチョッキを着けて
つがいの鶸《ひわ》が野いばらの
明るい梢で鳴きかわす

萌黄と灰のまだらの春

うす青い血を吐く鈍いトリルが
ひくい昼空に反響する
日暈《ひがさ》のまぶたが白く濁ると
煙は水のうえで息絶え
鼻腔の甘い湿りは冷やされて
このつかのまの吹奏を終わらせる

見知らぬ土地

収穫と荷車
刈り取られた大地が見ている夢
あたりには煙と乳のひなびた匂い

揺れる森の鏡
金色のブナの葉が透きとおる
真昼間の陽光を浴びて

川岸の隔たり
葦の茂みが水辺でざわめき
青い風が流れの裾を暗ませる

＊

旅びとがひとり
振り返って後ろを見た
そこに引きとめるものは何もなかった

だから旅びとはまた歩きつづける
この見知らぬ土地の穹窿を越え
日が沈むまで

この歳月《とし》景浦の下
瀬降り行き見聞きして

まだ暮れやまない西の空から
鮭の色した火山灰が降っている
往来にはさびしく灯がともり
旅びとはあすの支度をすませ
きょう一日を振りかえり
よるべなく窓の外を見つめて
まだ来ぬ夜に炸裂するかもしれない
千年の大噴火に想いをはせる

＊

さようなら
ぼくはもう行かなきゃならない
きみともお別れしなきゃならない
ぼくときみは一つだったのに
いまでもぼくはきみなのに

いつの日か　別の世界の往来でぼくは
人びとが口ぐちに告げるきみの名前を聞くだろう
なぜかしらなつかしいその名前　でも
ぼくがきみを思い出すことはない
そのときぼくは
猫か

蛇か
蝶に
なっているから

猫か　蛇か　蝶に
なっているから

耳の大地

ハジメニ灰アリキ
（はいだはじめ）

ツイデ黒キ磐アリ
（くろくらいわくら）

磐ヨリ三ッ頭ノ獣生エ出デ
（からくらひゅどらいでし）

真紅ノ喇叭サヤカニ響ケリ
（しどらそらららふぁもさやか）

*

かつてこの地に斃れし幾多の民ぐさ
そのいさおしは喇叭のしらべ
肉はとけ骨はくだけて
甲冑すさび剣しなびるとも
そのいさおしは喇叭のしらべ
キクキクと気層の甲羅はがれて
中空の薄羽おのずと震え
蒼林鳴動し響きをかえし
地のおもてより萌え出づる耳

かつての喇叭をいまにまた聴く

＊

りゅうりゅうの笛が
東南島のはじをゆく
かみにゆみかけしりほかけ
月光の沖による皺
なみの遠浅
舵を取る手ものどか
りゅうりゅうの笛がゆく
舳先には弓艫《とも》には帆
弓のたもとにうずくまり
舳先で笛吹くかれはだれ
艫の舵取りはたぶん私

なぜだか笛は私の背後から聞こえ
りゅうりゅうの笛と舟がゆく
かつて銀河の竜をも射た弓矢
竜は海に斃れて島になった
かみにゆみかけしりほかけ
くぐもる笛は竜の哀しみ
帆に受ける風もいまはやみ
私もしばらく眠ろうか
代わりに太古からの耳が聴く
りゅうりゅうの笛は竜の哀しみ

＊

――耳は官能の器官ですか？
――いいえ。耳は再生の器官です

——耳は聞き手の記憶ですか？
——いいえ。耳は世代の記憶です

*

狼でした、牝の。
メロメロだったよ、ぼく。
その毛色はかるみね、目はころん
ぼくを載せて、雨雲よりも速くタイガを駆けり
晴夜には、湖水に散った燐光の円陣に向かって
みらどの三和音で咆哮した。
だからこの耳が前世の谺から覚めるまでは
たしかにぼくはアムール人メロウ族だったんだ。

*

耳は大地につながっている
風がたわめる木のように
ついぞ抜けない草のように
耳は大地　大地は耳
耳は生え　耳は伸び　耳は枯れ
そして地中の根からまた芽ぶく
水は逆巻き火が焦がし灰に覆われ
天地改新のあとの虚ろな時間の断層に
耳が咲き　大地の軋みを聴いていた

地上に音は絶え——
耳が残った

Eマイナーの鈴虫には、コンサート後の楽屋口で出会った。ひと目見るなり、彼女は私について来た。並んで歩くと、彼女はずいぶん小さかった。すれちがう人びとが、怪訝そうに私たちを振り返った。かつて乗馬クラブだった四角い公園に、二人で下りた。泥で素足をよごし、彼女が不機嫌になったので、公園の端の、糸杉の根元から出る湧き水で、足をぬぐった。「息子と二人なの。だから家は聖域」。聞いてもいないのに、彼女はそう言った。それから、蜘蛛の巣の張った藪道を避けて歩いていくと、線路脇の歩道につきあたった。私が線路の金網を少しよじ登って、対岸を見た。青ぐらい空に、もう一番星が光っていた。「モーテルと居酒屋と宝石店が並んでる」と私が言うと、「宝石店に行きたい」と彼女が応えた。母の古希のお祝いにプレゼントを贈りたい、と。線路を迂回し、陸橋をわたって入った宝石店は狭かった。さして興味もなさそうに瑠璃や瑪瑙の石を眺めてから彼女は、「あなたが選んで」と、宝石よりも光る目で私に言った。

Gメジャーの梟には、広場を見下ろすホテルで出会った。誘われるまま彼女が泊まっている部屋へ行くと、扉は開けっぱなしだった。赤いカーペットが敷かれた部屋の中央に、グランドピアノがあった。二人で部屋の窓から下を眺めた。夕日が広場の敷石に、くっきりと光と影を落としていた。「もうあらかた帰ったようね」と彼女が言った。それからブラインドを下ろし、彼女がピアノの前に坐った。「You Send Meを」と私が頼むと、「わかってるわよ」と気だるそうに応えて、彼女はひらひらと片手を振った。彼女が弾きはじめようとした矢先、開けっぱなしの扉から男が飛び込んできた。タキシードを着た、バリトン歌手みたいな大男だ。彼女の夫なのか父親なのかわからない。「なにをしているんだ。もう親戚一同集まっているぞ。早くロビーに下りるんだ」。彼女と私を見くらべながら、男がどなった。

まだ見ぬ友たち工夫たち
まだ歌い終わらない歌

残照

日が沈むとき　地平線で雲が震えて
赤や紫の影が　ひとの心にも映る
小高い丘の上で　いく人かと残照を見ている
一日の疲れにやわらいだ顔をして
みなひとしく黙っている

丘を越えてゆく小道が　ぼんやりと暗い
この道がどこまで続くのか　だれも知らない

鳥が一羽空をよぎり　鋭い声が落ちてくる
あの鳥がどこへ飛んでいくのか
今夜はひとりで眠るのか　だれも知らない

西から吹く風が　波うつ髪を巻き上げ
髪はわずかに永遠に触れ　時は背後に消える
思い出すこともないのに　はるかな絵がふと湧いて
そうしてやっと振り向いたとき
街にはもう灯が点っていた

雪と蘭のある風景を
黒い木炭で描くために
またここへやって来た

こうして秋から冬へ
透けてゆく空の裂け目と
遠ざかる街の喧噪

あのときは黄みがかった白い梢が
にぶい光に揺れていた気がするけれど
何を見たのかはもう知らない

きっと何も見なかったのだ
ただ感じること考えることのすべてが
あの夏の終わりの日のままだ

＊

雪と蘭のある風景を
黒い木炭で描くために
またここへやって来て

感じること考えることのすべてが

あの夏の終わりの日のままで
ふしぎになつかしく新鮮で

感じるのはただこの風と白さ
指はかじかみ木炭を握れないのに
音はなく　記憶もなく
頬に触れる雪はむしろ温かい

髪はわずかに永遠に触れ
時は背後に消える

この夜が明けるために
失われていった光はいくつ
この夜が明けるために
起こらなかった奇蹟はいくつ

とつぜん冬の宿で目覚める
障子には昨夜からの雪の薄明かり
廊下の洗面台のステンレスに水滴が

したたり落ちる響きのほかに物音はない

たぶんここはいつか来た一軒宿
悲嘆はどこを通ってここまで来たのか
笹の葉のさわさわ　山毛欅《ブナ》の末のしらしら
すだま泣くそのねはあわい雪空の下に

ここが最終の地ではないにしても
これ以上先へはもう行けないから
とにかくまだここで待っていよう
雪と硫黄に混じってかすかに木蓮の香り

＊

この夜が明けるために

失われていった光はいくつ
この夜が明けるために
起こらなかった奇蹟はいくつ

きのうのうたげ
今日はどこまで行ったやら
明日はどこらで
うらら浮かれているのやら

徒野は未久の月道
とろり咲く園に咲く
蔓　木通　烏瓜
さざれ惨憺　雛　漆

浮いてはりん
沈んでりりんと――

目覚め。さわやかな朝露のような
ひとすじの涙がきみの頬をつたう
そんな明るい日、夜明けに大気は靄を脱ぎ
秘密は吹き払われ、きみは窓辺に立つ

浮遊する影のなかで眠り
かねて変わらぬ怖れを生きて
そんな日々にきみが知ったことといえば

いかに泣いていかに笑うか、ただそれだけ

憧憬。遠い眺めの記憶
隠れては現われ、曇り空の星のように
それがいつか導くだろう、人生に気品をもって
きみをきみだけの場所へ、あれらの日々のあとで

きのうのうたげ
今日はどこまで行ったやら

明日はどこらで
うらら浮かれているのやら

後記

『哀歌と、バラッド』という総題を付けたが、収録されたこれらの詩篇のうち、これが哀歌であれがバラッド、とは考えていない。すでに失われたものと、いまだ来たらざるものとがせめぎ合い、その臨界で今という時がはげしくまたあえかに律動するとき、哀歌はバラッドに近づき、バラッドは哀歌に近づくのだと思う。なお、「大陸の前線」では石原莞爾『最終戦争論』とRobert Johnson "Crossroad Blues"を、「鎮魂歌」では橋川文三『柳田国男――その人間と思想』を参照した。

＊

私たちの21世紀は、9・11に象徴されるような虚構の世界秩序の崩壊から始まったのだと、あらためて思う。格差と不寛容と排外主義と――剝き出しのエゴイズムによる陣取り争いが、いずれ共倒れの結末をむかえるのでは、とおびえる人びとの顔を思い浮かべる。私たちの近代は老いているのか。いや、近代というプログラムが、破綻したのではないか。私たちはけっして、設定された未来のプログラムにしたがって現在を生きているわけではないという剝き出しの現実が、ますます露呈しているのではないか。

私たちは、いうまでもなく今この時を生きているけれども、同時に、なにほどかは、まだ見ぬ未来をも生きているのだと思う。祝祭か惨事か、何か打ちのめされるような出来事がやって来る予感、未明に夜明けを待つ怖れとともに、そこにわずかな希望の始まりを。希望はひょっとしたら、あらかじめ破綻しているのかもしれない。それでも、それが破綻したあとの未来をも。「ひとはみな知らない過去を生きている」と書いた。再来する「知らない過去」が、私たちの未来である。そのとき、失われたものへの哀歌は、未来から今この時の私たちへやって来るバラッドになるだろう。

目次

哀歌《あいか》とバラッド

著者
浜田《はまだ》　優《まさる》

発行者
小田久郎

発行所
株式会社思潮社
〒一六二－〇八四二　東京都新宿区市谷砂土原町三－十五
電話〇三－三二六七－八一五三（営業）・八一四一（編集）

装幀・本文レイアウト
伊勢功治

印刷所
三報社印刷株式会社

製本所
小高製本工業株式会社

発行日
二〇一七年七月二十日